光をもとめて

江多圭介

EDA Keisuke

文芸社

はじめに

いつの間にか老いの中に入ってしまって、折々のことを思い出しながら生きるようになってしまった。まだ先のことだと思っていたのが、人生は、誰にも終焉が来ることを忘れていたわけではないけれど、流石に寂しさを禁じ得ない。

短編ではあるけれど、何か感じられるような内容を、エッセーとまではいかないけれど、いくつかの話を書いておこうと思う。

光をもとめて ◎ 目次

第二章　講義と闘病

第三章　碁を打つ喜び　75

第一章

出会った人々

芙佳(ふうか)のこと

芙佳は保育園児であった。

妻は、身体の前でだっこし、または背中でおんぶして家事をしていた。

圭介は特に違和感もなく、理由を聞いて状況を理解した。

ファミリーサポートセンターの制度があることが解ったのである。

保育園へ午後六時半頃お迎えに行き、シングルマザーが七時半頃、勤め先のヨークベニマルからの帰途、芙佳を迎えに来るのであった。

毎日のことながら、夕食を食べさせておくので、妻はやや忙しい生活が増えたようであった。

第一章　出会った人々

その時の芙佳は、まだ一歳ぐらいであっただろうか。そして二年ぐらいは、「お預かり」しただろうか。なかなか活発な児で二歳ぐらいの頃には、上から飛び降りるのが好きで、コタツの上から私のところに度々飛び降りた。

腰のところでこぶしをつくって構え、飛び降りるのであった。いつもその時は受け止めて、二人で転がって遊んだものである。

また、台所の引き出しの前で、台所道具を出して、一人で遊んでいたこともあった。

「芙佳、ママが来たよ」

「まだ来ない」

決まってそういう返事をしていた。

「ママが来たよ、迎えに来たよ」

「まだ来ないよ」

ママが部屋に入って来たらやっと解って、あちこち飛び上がったりしながら、最後にママの身体に頭から飛び込むのであった。そして、やっと安堵するようであった。

シングルマザーで、実家からは勘当されていることを聞き及んでいたので、子供もうすうす感じていたような様子だったのであろう。

近所の同じ保育園にお孫さんを通わせていたおばさんが「ふうちゃんは、誰がお迎えに来るの？」と尋ねると、「えださんです」と妻の手をしっかり握って返事するようになった。

妻は芙佳と帰宅する時はコンビニに寄り、何らかの菓子を買ってくるのだった。幼い子供は、お菓子でも目についたものが素敵なものに見えるのであろう。

また、近所のおばさんがご自身のお孫さんと一緒に帰っていった時、少し前までその友達と遊んでいた芙佳は、寂しそうに眺めている姿が、何故か悲しすぎる気がしてならなかった。

しばらくして、シングルマザーは婚活したようであった。圭介に、宇都宮市の自宅の番地まで教えてくれ、相手は熊本県天草の方で「熊本には帰らない」という約束で結婚することになった。栃木県上三川の自動車生産工場に勤める人である、との連絡があった。

圭介は宇都宮まで行って見ようと思った。勘当されても、娘を育てようと必死になっている母親の姿に心が動かされたからです。

特に理由はないけれど、考えて那須のマウントジーンズへスキーに行き、那須から高速道で宇都宮まで行けば母娘に会えるだろう、と。

マウントジーンズに午前十時までに行き、四時間券で上から下までノンストップで五回滑降したら時間的に丁度ということで、宇都宮に向かった。先ず、最寄りのコンビニへ行き、聞いていた町名のスーパーまで行き、そして、駐在所の場所を聞いて駐在所を訪れた。番地を聞きとり、母娘の家を見つける。水戸にいた時の車が見えたので家はすぐ解った。丁度、母娘がいたので、経緯を説明して話をすることになった。

芙佳は喜んで、「じいじは、この家とこの家とどちらがいい？」と聞いてきた。積水ハウスとセキスイハイムの設計図を持って来て、圭介に回答をせまる。じいじは「どちらでもいいんだよ」と答えた。

やっぱり、芙佳は新しい家ができるのは嬉しいのであろう。

そして、住宅ができた際に、家までの略図を書いてもらい一回訪問してみた。

芙佳は、キラキラ星をピアニカで吹いていた。ドドソソララソで切れる。息が続かないと見える。ファファミミレレドはきれいに吹けずに終わる。毎回同じであった。でも好きなことは、よく解った。


圭介は甥にピアノのことを話した。

「このピアノは誰も弾かないよね」

甥は「誰も弾かないから、いらないものだよ」と言う。

圭介が「このピアノ貰っていい？」と聞くと、「いいよ」とのこと。それで芙佳にプレゼントしようと思い、宇都宮市へ輸送してもらうことにした。今は、芙佳が毎日弾いているみたいで、ママは週に一回ピアノ教室に連れていくようになったようであった。

小学二年生になり成長した姿は嬉しいものであり、幼い頃の保育園からの帰宅時に、寂しそうに友達の姿を見えなくなるまで眺めていた悲しみが圭介の胸に甦ってくる。

「友達もできたの」

「皆、一年上の友達なので、大変ですが、近くに何人かいて良かったです」

ママもしっかりとしていて、成績表も見せてもらい、Aが多くBが少しだけあったけれど、ピアノ教室にも通い、楽しい生活をしていることが見てとれて嬉しかった。

小学二年生でも、夢を持って、ピアノが上手になれば、生きる意味が解ってくると思っている。ピアニストにならなくてもいいのだよと、言ってあげたい。

成長して、自分の出自について理解した時に、悩み、悲しむことにならないように祈るばかりである。

三男坊

三男は幼少の頃、転んで掌を擦りむいて包帯をした。大した怪我ではなかったが、左手だったので、キャッチボールは右手でするようにした。

左手の包帯は「まだ癒えない」と何回か繰り返して右利きにしてしまった。字を書く時に右利きの方がいいと思ったからである。

長じて、小学六年生頃、リトルリーグという野球チームに入りたいと言う。まあ、友達もできるだろうからと、入ることを許したのだった。

右利きに直したのだが、ボールのスピードが早い。受けていても手にズッシリときて、受ける方の手が痛いほどであった。

元石川のグラウンドに、たまたま、どういう練習をしているのだろうか、と見に行った。その時は、中学一年になっていて、ピッチング練習を軽くしていた。でも、様子がおかしい。考えてみると、これは肩を壊しているのだと判断できた。普通の投げ方ではなく、肩をかばって投げているのだと、息子に悪いことをしたと思った。よく話しておくべきだったと後悔した。

指導者は、どんどん投げさせて、試合に勝つように指導していたのだと想像できた。

中学三年までリトルリーグにいたが、試合、大会のことは全然聞きもしなかった。本人が好きでやっていることなのだから。

高校入試は、野球の友達等は進学校には全員不合格で、私立の高校に入る。その高校では結構良い指導者に出会ったようである。冬には、野球部はスキー合宿などをやっていたのだ。野球だけではなく、他の活動もさせてくれたのである。

三男は、進学校入試の時は、合格の少し下位の点数だったようで、圭介が在職していた関係で入試業務には携われなかったが、野球に夢中だったおかえしが来たのだろう。

良いバッティングで大きな打球を打つようになったことは、親しくしていた立沢君から聞いた。それでいい。

大学入試は、北大と慶応大学理工学部を受験し両方とも不合格。二期校は埼玉大学工学部を受験するというので、志願書を締切日に、

「お父さん、今日が締切日なので埼玉大学まで志願書を取って来てくれる？」

急遽、埼玉大学まで車で願書を取りに行くことになる。

外環状線の美女木ＪＣから、すぐのところ、入口の守衛所で守衛の方が願書を持って待っててくれた。

三男が、連絡をしていてくれたのである。

埼玉大学の受験は合格であったが、三男は「一浪する」と言い出した。そして、次の年には、早稲田大学理工学部と北海道大学工学部に合格した。

圭介が「早稲田に行くのだろう」と話したら、「早稲田なんかには行かない。北大に行く」と言う。「デザイン建築をやりたいので北海道にする」と、北海道には夢があるのだろうと圭介は思った。

「部活動は何か必ずやるのだよ」と話していた。夏休みに帰省した時に部活動は何にしたかと聞くと、「競技スキー部にした」と返ってきた。以前は、アメリカンフットボールに入ると言っていたが、幼少の頃より、蔵王に何度となく家族でスキーに行っていたからだろうか。

二年次になった時に、建築の方に進めることになったようである。競技スキーも順調のようで、冬のシーズンは練習、合宿などで忙しい時を過ごしている様子が目に見えるようであった。

圭介は北海道大学には一度も行ったこともなく、息子一人に任せきりであったが、一度だけ弱音を吐く電話が来た。スキーの練習で肘を骨折しギプスをして練習をしていたらしい。その休憩中に、そのスキーを盗まれてしまったそうである。

「明日から、インカレで新潟県妙高高原に行かなくてはならないのに、もういやになったよ」

「まだギプスをしているのか」

「している」

「だったら、運動具店は閉まっていても、家の中には店主はいる筈だから交渉してみるといい。または、妙高高原の会場には、業者が来ているから、そこで調達するか、どちらかにしなさい」と電話を切った。

後で聞いてみると、ギプスをしたまま競技会には出場したという。四年生なので何としても出場しなければという理由もあったらしい。

卒業して、茨城に帰り筑波大学大学院で二年間、寮生活をした。そして一年経過したら一級建築士の資格がとれたのである。通常は三年経過しないと受験資格がないのであるが、大学院二年が加算されれば、受験資格があるということらしい。

以前から「デザイン建築をやりたい」と言っていたのを思い出す。直ちに、NTTファシリティーズに就職したのである。

しかし、組合関係の仕事をするようになり、設計の仕事ができないということで、東西建築サービスに転職することに。


前後するが筑波大学大学院時代の夏休みに、息子にプラハの街を見せてやろうと、圭介・妻・三男坊の三人で東欧ツアーを実施した。圭介の退職金で何とかなるだろうということである。

羽田からパリへ、そしてパリからベルリンへと乗り継ぎであった。パリに着いた時の機内の中は、ゴミ、屑などすごい乱雑さでびっくりする。長時間の搭乗は皆、苦痛なようである。

ベルリンに着いたら、早速、ブランデンブルク門、ベルリンの壁の名残を見に行く。戦争で最も攻撃されたドレスデンの街も見る。

プラハはいい雰囲気の街である。途中、チェスキー・クルムロフの街は十三世紀の頃の名残が感じられた。次にウィーンに行く。バスのツアーなので全体像は把握できないが、ハプスブルグ家の街と領土を眺めて、豪華な建物、庭園、宮殿などに圧倒された。

オーストリアとハンガリーは大きな領土であったことはあとで知ることになる。ドナウ川に沿ってハンガリーにバスで向かう途中、教会かまたは修道院かが孤立して見えた。小高い丘の上にあり、中へ入って見学。外で、貧しそうな少女が、バイオリンを弾いていた。何かもの悲しい風景に見えた。旅行者から施しを受けている姿が痛々しく見えた。

また、ドナウ川の河畔の小さな村に寄ったら何とも活気が感じられない。人々は大都市に集中しているのであろう。

ブダペストは、美しい都市であった。

この東欧旅行で何か感じるものがあれば、息子にはいい思い出とこれからの糧となるであろうと思うのであった。

その後、一人でイタリア、フランスと外国旅行をしていた。勉強の意欲は、おとろえないようである。

テニスの好きな先生

T大学工学部の先生は、よくシニアテニスの大会に参加していた。たぶん九十歳で運転免許証を返納したのであろう。水戸の大会の時、圭介のところに電話がかかってきた。

「江多さん、水戸まで電車で行くので、会場まで送ってくれますか」

「はい、何時頃に駅南のタクシー乗り場に、行けば良いでしょうか」

「八時十分頃に着きますので、よろしくお願いいたします」

久保田先生であった。

それほど、懇意にしていたわけではなかったが、圭介のことをよく覚えていてくれたのだ。

九十歳になると、脚、腰ともに弱ってくるが、試合は、ロビングで何とかラリーを続ける先生だった。対戦相手を替えて四試合するのだが、年齢別にプログラムはできているので最高齢の部で試合をしたのである。

帰りにまた、水戸駅まで送ることになった。

帰りの車の中は昔の話をしながらであったが、驚く話を聞くことになった。久保田先生は、北支戦線から南方へ転戦することになって、中国（支那）の村々を通り過ぎていくことになる時に、先ず食糧を調達し、そのあと村人達を全部殺していくと言ったのである。先生が手をくだしたかどうかは不明であるが、同僚が村人を殺していくのを見ていただけと思いたかった。ビルマのインパール戦線のことは、全く悲惨であったことは、以前に何かで聞いたことがあり、それで久保田先生の証言は、事実だと思うようになった。戦争の悲惨さが解る。何と残酷なことであろう。

先生は温厚な人であったのでこの証言で自ら人に銃を向けることはなかったと思うようになった。

数日後、先生より手紙が届いた。

広報紙の内容を書いておこう。

＊

「広報紙第20号をお届けして」　久保田　譲
チェルノブイリの子供を救おう会の広報紙をお届けします。これが最終号になるでしょう。
今回は会員と寄付者のほか、年賀状を頂いている方にも届けました。久保田の現況を知らせたかったからです。
チェルノブイリの子供を救おう会は放射能汚染地に住んでいる子どもの健康改

善のため設立され、一九八三年から二〇〇九年まで、計十七回七十名を付添いと共に日立市に招き、約一か月保養滞在させました。

二〇一〇年から二〇一六年まではベラルーシのサナトリウム「ナデジャ」でシドロビッチの子どもを保養させるため、二〇一二年までは九名、二〇一三年からは七名の二十四日間保養費を春に送金し、秋には放射性セシウム排出促進剤ビタペクトを放射線安全研究所ベルラドで購入して、ホルフロボ、ペルシャイ、カーメニ村の子どもに配りました。

二〇一〇年以後は、募金と送金だけが救おう会の仕事でしたので、広報紙の発行や諸連絡も含めて、会の仕事は代表の久保田が一人でしていました。ところが久保田の健康状態が急に悪くなりました。耳と目が悪くなったのは生活を不便にしただけですが、昨年十月に判明したがんは余命一年と告げられているのです。

ベラルーシの支援は続けたいので多少なりともご寄付いただければと、払込取扱票を同封しました。ただ例年のように是非お願いしますとは申しません。

*

手紙を読んで、久保田先生がどのような経緯で祖国に帰ってきたのかは、聞けなかったが、救おう会を立ち上げ、一人で寄付を募り、薬品をウクライナに送り、また、日立の病院で付添いと共に保養滞在させた（十七回七十名）という活動には感動するほかない。戦争と平和の狭間でこのような行動をする人がいるのである。

その後、久保田先生の健康状態が悪くなり白内障、緑内障の手術、胃の出口、膵臓のがんが見つかり、要介護2でヘルパーに助けられての生活をしているという。三人の子供さん達は車で二時間かかる茨城県南と埼玉県に自宅と仕事を持っているので同居できないとのこと。

水戸でのテニス大会（茨城県シニアテニス連盟秋季大会）は最後のテニス大会であったことは、容易に理解できた。また、圭介に帰路、車の中でいろいろな話をしたかったのだと思われた。

圭介には、後継者として「救おう会」の世話を託したかったような雰囲気が漂っていた。

優しいお巡りさん

新聞を見ていると、いろいろな情報がとび込んでくる。五霞町の駐在所のお巡りさんが、登下校する生徒達や町民達にいつも優しく話しかけてくるのが、評判になっているらしい。

圭介に認知症の検査の連絡が来て、そのあと自動車の運転の講習をするようであった。認知症の結果によっては、二時間か三時間という連絡であった。

指定された午前十時三十分までに県の自動車学校に行くと、九人が認知症検査を受けに来ていた。十時三十分になると事務員が入って来て、一人一人順番に免許証を記録していった。その後、検査官が二人入ってきた。

問題用紙と解答用紙を机に置いていく。コロナ禍の中であるので、それぞれ離れて座席に座る。諸注意があり、始まる。検査官は一人は監視で、もう一人は進行係である。

自動車学校の指導者や検査官は、警察官を退職した人の再就職の場であることを充分に承知していた。事務員は女性達で警察官ではないらしかった。

K検査官は、進行係であった。問題用紙と解答用紙を一冊ずつ開いてそれを下にめくる、そして問題用紙を読みながら、次に解答用紙をめくるという方法で始まった。最初の問題は、「今日は（何）年（何）月（何）日（何）曜日か」という問題。二問目は「今は（何）時ですか」という問題。午前十時三十分より開始であったが一人ずつ免許証の番号氏名、生年月日、写真を点検する事務員の仕事の時間があり、検査官の説明の時間を考えて、午前十時四十分と書く。三問目の前に一枚の用紙に四つの絵が説明をつけて見せられ、合計十六の絵を覚えさせられた。三問目は、時計を書かされて十一時十分の長針と短針は何処かという単純な問題であった。

四問目は、見せられた十六の絵が何であったか思い出して書く問題であった。問題用紙をめくって、十六の絵が何であったか説明されて解答用紙を書く段になって、K検査官が、圭介のところに来て、「あんたは、出ていけ」と凄い剣幕でどなったのである。たぶん解答用紙をめくるのが早かったか、どうかの問題であったのだろう。

確かに「それでは解答用紙を開けて下さい」と聞こえたのに。警察官の職務柄いつもそのような態度の「お巡りさん」だったのだろう。十六のうち十一は、すぐ書けた。次に乗り物は……（飛行機）、鳥は……（ペンギン）、工具は……（ハンマー）、果実……（レモン）、動物は……思い出せなかった。しかし終わった時に、「ああ……兎がいた」と思い出したが「兎は家畜」と思い込んでいたので解答できなかった。

検査官は別室に行き、採点をして帰ってきた。そして一人ずつ片隅で、点数を教えて実技講習をマニュアル車か、オートマチック車か問うていた。二時間の実技講習か三時間の実技講習とに分かれるのである。

圭介の点数は87点で「やや優れている」との判定であった。

実技講習は一月六日（十二時三十分）に連絡を受けていた。そして一番目に指名された。普段はマニュアル車で運転していたが、偶（たま）に家内のオートマチック車を使用していたこともあったので、「どちらでもいいです」と返答していた。

K検査官は優しい言動で接してくれた。

「外国で車を運転したことがあるの？」

「右折のとこは、右、左、右と見るのですが」

圭介は、右、左、右、左と四回見るようにしていたので、充分に安全確認をしていることをK検査官は観察していた。

ここで、K検査官の先日とこの日の言動の大変な落差を何と感じたらいいのか戸惑った。

人は、言動の大きな落差の中に、自分を適応させていくものなのか。社会生活の中にはそういう場面が多々あるのか。

これは、人間の本質なのであろう。しかしこの言動の落差を理解して、いつでも「心の豊かさ」を保ちたいものであるとあらためて思ったのである。

川又さんのこと

川又さんは、福島県と栃木県の境にある村の出身で、日立市の自動車部品を製造していた工場に勤めていた。

土曜、日曜は、専らパチンコに明け暮れしていたようである。独身だと趣味を持たない人は、時間を持て余すものである。

神奈川県から、いわき市に嫁いで来た奥さんは、何かのトラブルで籍を抜かれ、日立市内のパチンコ店員として働いていたが、川又さんとの出会いがあったようで水戸で一緒に同棲するようになったと聞いた。普通は、住民票を持ってくるのだが、水戸に住民票を持ってこなかったのである。

病気になっても、健康保険証がないから治療費が高額になって、だから病院には行けないとのことである。

朝になって、昨夜、奥様が倒れて救急車が来たことを知った。水戸のS病院に救急搬送されたが、死亡されたと川又さんは、目に涙をためて話した。

隣人で、「おまえんちには、金があんのか」と、揶揄する人もいた。長く、夫婦同様に暮らしていた人に、それはないと思った。

川又さんの奥さんは、一ヶ月近く警察署の地下室の霊安室に収容されていた。川又さんは「未だ遺体が帰って来ないのだよ」と言っていた。

警察の捜査は長期間、細部に渡って行うようである。神奈川県からいわき市までの捜査は、川又さんは夫婦同様であっても、お互い身の上話がなかったのが理由であったと理解した。

遺体が帰ってくることになった時、川又さんと近所の佐藤さんの息子さんと三人でS病院まで行き、死亡診断書を受け取った。警察官一名が同行してくれた。

Ｓ病院に死亡診断書を申請したら、

「搬送されて来た時はまだ心臓が動いていたので、治療費を払って下さい」

たぶん、治療を多少はしたのだと思ったが、十一万八千円弱がかかったのであった。

ＡＴＭがあったので十二万円引き出して、死亡診断書を書いてもらった。警察官は特に疑問を持たなかったようであった。

次に市役所へ行き、火葬許可証を受け取る。そして、警察署に行き、地下の霊安室から遺体を引き取り霊柩車で火葬場へ行き、火葬に三人で立ち会ったのであった。

火葬費用は十九万円で、ＡＴＭで五万円引き出して、川又さんに渡す。

十七万円立て替えたことになる。骨壺は家に置いておくようで、墓はないようであった。

数ヶ月、川又さんは、四万円を三回と五万円を一回、年金より、毎回、律義に返しに来た。律義さは、この人の性格であったのだろう。人は信義を重んじるべきものだと思ったものである。

川又さんが二ヶ月後に家まで来て、四万円お借りしたいと言う。私も年金暮らしなので、理由を聞いてみた。

理由を聞いて驚いた。

宝くじを買うと言うのである。東京まで行って、一等賞が当たった売り場を調べてきたので、是非四万円ばかり貸してほしいということであったので、宝くじはどこでも確率は同じで、約二千万分の一のことを話して断った。

「宝くじ」で何とかしようとしている人たちは、儚い夢であることを知ってほしいものである。

S状結腸がん闘病記

近くのクリニックに月一回通うようになった。二ヶ月に一回、血液検査をする。結果はいつも同じであったが、悪玉コレステロールが少し多めであること、カリウムが少し標準より少ないことを指摘されていた。

ある時に瞼の裏を見てくれて、血液の鉄分が異常に少ないので、水戸のC病院とK病院を紹介された。電話で連絡をしてくれて、K病院はいっぱいなので、C病院に入院することになった。毎日のように鉄分の点滴とリハビリテーションを受けた。

そのうち、内視鏡検査があって、S状結腸にがんが見つかったのである。

「あなたの鉄分の状況がグラフに現れないので内視鏡で見たら、S状結腸に『がん』が見つかったのです。K病院に優秀な大先輩がいますので、転院をして下さい」

約一ヶ月弱、C病院に入院していたが、K病院には一日、間をおいて診察に行った。

K病院の医師は、内視鏡の写真を見て言った。

「二日間は、リクシアナ（血液サラサラの薬）を飲まないで、手術をしましょう」

リクシアナを飲んでいると出血が多くなるからだと言われた。

すぐ、麻酔の承諾書、手術の承諾書を書き問診も受ける。別の医師が循環器科の医師と打合せをして決めるようなことであった。

「エダさん、開腹するか、内視鏡手術か、どちらにしますか」

「時間的には、どちらがかかりますか」

「開腹すると二～四時間、内視鏡だと四～八時間かかります。失敗すると、管をつけて袋をぶらさげることになります。開腹は傷が残ります」

「開腹でいいです」

傷は残っても、心まで傷が残るわけではない。

手術を終えてＩＣＵに来ても、暫くは麻酔から覚めなかったようである。

看護婦さん三人がつきそってくれていた。一人はパソコンなど、また、二人ぐらいで身体の向きを右に左に傾けて、褥瘡にならないように世話をしてくれた。

麻酔から覚めると、何とも頭がスッキリしていたのを思いだす。

看護婦さんに話しかけたくなった。

「巨大迷路を入口から、出口まで覚えれば、それがＡＩ（人工知能）のことですよ」

「そういう遺伝子が欲しいですよ」

もう一人の看護婦さんは、パソコンで、何か「データ入力」に長い時間をかけていた。

「あなたは、一晩寝なかったのですか」

「いや、三時間ぐらいは寝ました」


そのうちに病棟に移されて、〇・九％の食塩水に栄養剤を入れた点滴が始まり、コルセットのようなもので胴は締められて（傷口はジョイントで止められていた）、いくらか、快適になった。

栄養剤の点滴は、看護婦さんが、毎日やってくれたが、一人だけ、血管に注射器をさすのが上手でなくて、二回失敗すると別の看護婦さんが替わりに来た。

一週間ほどすると、点滴と共に簡単な食事が出るようになった。朝食を食べるとすぐにトイレへ行くようになった。黒色の便で、未だ出血が少しずつあって黒いのだろうと思っていた。

数日後、病棟まで消化器外科と循環器科の先生が来て、「エダさん、退院してもいいことになりました」と告げる。

八月二十六日に手術、そして九月七日には退院となる。

リハビリテーションは退院前に数日間、歩くことだけ指示されて行った。そして、八種類の薬を処方されて毎日飲むことになったのである。

リハビリは、総合公園のテニスコートに毎週木曜日にコーチに行く時にやることにした。ボール出しをしながら、少し前後左右に軽く動かしながらできると思った。実際打ちやすいボールを出していると、汗が出て、リハビリになった。

少し軽く走ってみようと思って、コートのまわりを軽く走ってみた。二百メートルぐらいで、腰に痛みがきたのであった。腰回りの筋肉はまだ耐えられないことが解った。

新人が入会してきたので、ボールのスピンを打たせるため、後ろからボールを出したり、横からと前からと丁寧に出したりしてやると、少しずつ良いバックストロークができるようになっていくものである。

原爆投下後のいら立ち

「まだ満足しないのか？　どれだけ大きくしたいのか言ってくれ！」

原爆開発に関わった故リチャード・ファインマン氏が、広島への投下直後に原爆の威力に対する評価について、いら立った様子で記した手書きのメモ四枚が競売に掛けられて、落札された。

ファインマン氏は、無数の命を奪った日本への原爆投下に衝撃を受け、世界が核戦争の末に破滅しかねないとの懸念を抱いていたという。

この時の米大統領は、トルーマンであった。他にオッペンハイマー氏とブラウン博士も一緒に研究にたずさわっていた。

今では核拡散して、何ヶ国が持つようになったのだろうか。

ロシアのウクライナ侵攻でプーチン大統領が戦術核を使用するかも知れないとの示唆をしていたようであった。それがエスカレートしたら、恐ろしいことになるに違いない。

美しい地球は、消滅するのだろうか。

被爆国の日本は世界に強烈に発信していかなければいけないと思う。


小学校時代の喧嘩は、いじめから始まる。

ボスの國夫君が東京より転校してきた生徒（小学六年生）に、弱い二人の生徒をけしかけて、殴らせるのであった。転校してきたばかりの生徒は殴り返すことはしないで、よけるだけだったが、最後には悲鳴をあげていた。戦後まもなくのことで、東京も食糧難で水戸に親戚を頼ってきた状況であったのだろう。

可哀想なことをしたものであった。飛田君はそういうことを見ていて、「何でそういういじめをするのか」とボスに訴えていた。気持ちの優しい生徒であった。ボスは、すごく怒って、「てめいのことなんか、聞いてられない」と言って教室を出ていった

別の喧嘩は、中学一年の時。

黒川君と森君、どちらも喧嘩が強い生徒で、組は違うが、一対一で一発ずつの殴り合いの喧嘩である。最初に森君が黒川君を一発殴る。次に黒川君が、とはいかなかった。

森君が黒川君の手がのびる瞬間に顔をそむけて逃げたので、黒川君はもう一発森君を殴ったのである。森君は「一発ずつでなかったのか」と言い、黒川君は「おまえは逃げたっぺ」と言う。

それで終わりになった。公平に殴り合えばいいのに、これも人間の本性なのかと思ったものだ。

もう一つ、中学一年生の時のこと。

前日からの雪で、朝から二組に分かれて雪合戦になった。参加者三十名ぐらいでできるだけ雪を固めて、お互いの顔をめがけて戦うのであった。最初は遠くから投げていたが、少しずつ離れたり、近くまで寄って隠れたりして、敵に攻撃をするのであった。

たまたま、檜葉が壁になっているところで、柏君と丹野君と私の三人だけになり、柏君、丹野君は、座り込むような姿勢になって攻撃を受けるようになった。私だけ立った姿勢で、相手は六、七人で攻撃をし続けた。理不尽と思い、私は夢中で青山君に向かって突進し、飛びかかって首をつかみ、ねじ伏せた。ボスもその勢いに驚いたようであった。司令官がいなくなったように静まり返って、雪合戦は終わった。

他国に侵攻する時、今や強力な武器を、そして精密な兵器が必要になったと思う。喧嘩どころでなく、戦争になる。戦争と平和とどちらがいいか考えられない人々は、いつの時代でもいることでしょう。

科学者でも、政治家でも。

第二章

講義と闘病

神仏を尊び神仏を崇めず

「神仏を尊び、神仏を崇めず」

これは高校一年の時の漢文の科目で、出てきた言葉。

信教の自由は、誰もが持っている基本的な権利である。

何故、多額の寄付が必要なのか、誰かに問うてみたい。「信仰は力なり」とトルストイは言っていたけれど。

霊とは人間の知識や経験を超えて、そこに何かあると感じられるが、実体としてとらえられない神秘的な現象というけれど、実体としてとらえられなければ、そこには何もないことと同じであると思う。

水戸西高で一年から二年に進級する学年の組替えで担任になったクラスにいた岸君が、サッカー部でこれから活躍する段になった。しかし、当初より欠席が続き、二週間ほど家庭からの連絡もなく、状況を確かめようと家庭訪問をした。岸君と母親がいたので話をすることになった。

「学校には来られない理由があるのですか」

先ず私から話し始める。

岸君は母親に向かって、「話していいのか」とかなり強い口調で話したのである。

「霊がついているので」

母親も近所の人に霊がついているということを言われて、信じてしまったようであった。

霊と言われても、教育、学校、友達との関係はどうなるのか。「霊」などと言われても、そのような存在など理解できるはずはないと思い、学校に帰って、校長にも報告して終わりにした。

「神仏を尊び、神仏を崇めず」である。

岸君はその後、退学してしまった。

霊などというものは誰が言い出したのか、そんなものもともとないのに。

集中講義

体育科、初等教育科は水泳の集中講義がある。プールでの泳法、川での遠泳、海での海洋訓練である。

川での遠泳は、水の冷たさに途中で棄権したことがあった。身体が冷えてくると動かなくなってしまうようなこと（体温が二六～二七度で凍死）になる。遠泳では途中で舟に上げてもらったことがある。海水温一八度の時は、距離を短くして沿岸を泳ぐのであるが、身体が冷えてつらい思いをした。波はいつでも、同じ深さではなく、高くなったり低くなったりしている。波が高くなった時、足が底につかなくて、女生徒にしがみつかれた先生が、「おーい、船木、船木」と別の先生に助けを求めたことを鮮明に覚えている。

また、高校の校長も体育科の教授達も同僚の誼で一緒に海洋訓練に参加していたので、夕食の時は、それぞれ楽しい雰囲気の中で過ごしていたと思う。

ある校長は、歌を唱いながら、踊って雰囲気を盛り上げる。

「クイカイマニマニダスキークイカイコー　クイカイコー、オニコティーモオニコティーモ、ンパンパンパンパ……　クイカイマニマニダスキー……終わらないで、ンパンパンパ……」

何語かも知らなかったのに、よく覚えている。

体育科の主任教授は最初の頃の箱根駅伝を走ったと聞いた。また、よく学生の動きを見ていると思った。

プールの集中講義の時、各自、自由に泳いでいる時、見なれない学生がいたのであろう。

「お前は誰だ」

その学生が黙っていると、主任教授は「誰が連れて来たのだ」と声を大きくした。

体操部の弓野氏が「私が連れて来ました」と手を上げて返答した。主任教授は怒って、「私は帰る」と言ってプールから出ていった。

よく監視している人だと思った。でも、こういう人がいなければ、授業にはならないのだろう。

冬には、長野県菅平高原でのスキーの集中講義があった。どうしても行きたくて、二週間ほどアルバイトしてスキー靴を買った。スキー靴は大学にはなくて自分で用意しなくてはならないのであった。

この時もT高の校長が参加していて、スキー教室を立ち上げた。

この時のスキーの集中講義では一年生は五人で、体育科の四人と数学科の後藤さんでした。

一週間の中で、学年に関係なく班編成されて指導を受けることになった。

主任教授の班であった。よく見ている様子は変わらない。

「よーし、それでいい、良くなった」

それを聞いて上の班に行きたくなった。しかし、水泳の集中講義の時の「私は帰る」といった主任教授の言葉を思い出すから、不思議である。学生達は、早く上手になりたがるようで、教授達の指導は長い経験から来ていることが解る。

ある夕食後、三、四年生の部屋へ体育科一年生四人が集められた。部屋に入るなり、「そこへ座れ」と言われる。

四年生の常久氏が脅すように言った。三年生の和田氏が「よく聞いておけよ」と続けざまに言う。

この雰囲気では、ヤキを入れられるのだと想像できた。

「あんたら一年生は、夕食事に先輩らにお茶も入れられないのか」

このようにして先輩、後輩の絆が築かれていくのであろう。善し悪しは別として、あるいは体育教師の宿命なのかも知れない。

最後の晩は、夕食後、寸劇を楽しむのである。主任教授も自ら謡いだす。

「頼朝公の立烏帽子（たてえぼし）はぐればまたも、ぬりかえす頼朝公の立烏帽子はぐれば……」

声色を変えて「頼朝公の……」であった。小山先生はガッツポーズで、その表情が受けて皆が愉快になる。

関川教授は、「高原の旅愁」を見事に歌ったりして、教授陣は経験が豊富で流石と思われた。

魅せられたように、田代君は「俺は一生スキーをやるぞ」と言った。

青木君は静かに闘志を燃やしているように見えた。

私もスキーは永く続けるようになっていくだろうと思った。

このスキーの集中講義を契機に茨大スキークラブが出来上がった。一年生から四年生まで総勢三十人くらい集まった。幹事はまだいないが、長野県白馬の通称「よっちゃん」の民宿を冬休み中いつでも誰でも利用できるように決めておいた。長期間の人も三日または四日の人もいて、早く上手になりたくて来ているのだと思った。

白馬は三年、野沢温泉は四年の時、幹事が吉川君になった。その後は、山形蔵王になり山川君が幹事長になって、「セロリ」という文集も出来上がった。「セロリ」は何集か続いて、それぞれの思い出などが書かれていて、コミュニケーションに良いものだ。誰の発案だったか……。セロリは、小山教授が好きで、よく話に出てきたからだろうか。

ＩＵスキークラブから、準指導員八名、指導員五名が出るようになった。大学を卒業すると各地域に配属された先生達がスキー同好会を創るようになり、茨城県スキー連盟は大所帯になった。その時のスキー連盟の理事長は瓦屋さんだったが、内原に人工スキー場をつくり、「夏は人工スキー場に通わなければ、準指導員の資格はやらない」と言いだした。

私は一級のバッジを蔵王スキー場で取ったが、人工スキー場には通わなかった。技術が良ければいいのだと思った。

一人だけ夏に「人工スキー場」に通って準指導員の資格をとった人がいた。どこの社会でもそういう人はいるのだ。

スキーの友だち

井川さんは高校の国語の教師であった。硬式テニスの顧問を引き受けスキー、山歩きも好きな人であった。通称「栄吉さん」はテニスも好きで、高崎の原研の事務職で上越方面へスキーにもよく出かけたと言っていた。もう一人川田美奈子さんは旧国鉄の車内販売をしていた人である。私がテニスを教えていたのは、井川さん、川田さんで、「如月(きさらぎ)クラブ」などと言ってボール出しをしながら同好会を引き連れていた。栄吉殿は別の中島コートに集まっていた会で毎日アルコールのにおいを漂わせコートに来ていたのである。ウイスキーをビールで割ってボトルで持ってきた様子みたいである。

この三名となら一緒に教えながら楽しいスキーができそうだと思って話し掛けたら、皆是非ということで、四名で山形蔵王へ行くことになった。宿は「堺屋」、随分と世話になったホテルである。

蔵王のゲレンデは緩斜面、急斜面と広いところが多くて緩斜面で馴らして、徐々に斜面を考えて滑らせる。

栄吉殿はリフトのところで毎回トイレ休憩するようであった。あるいはペットボトルで一杯しているのかな？

長い斜面で、大森ゲレンデのところで止まって次にというところで、腰からくずれなかなか立てない。ストックで突いて起き上がろうとするが、体重が前傾にならないので懸命にストックに頼ろうとしたところ、ズボンのポケットからペットボトルが雪の中に落ちたのだった。

「何だこれは」と私は少し蹴とばしてやった。少しは上手になれるかなと思って、練習にきたのに。

でも「呑んべえさん」はこういうものだと解った。夕食はホテルからのアルコールは断って「ジンギスカン鍋」で食事。これが四年続いたろうか。

井川さん、川田さんは、その後、那須のマウントジーンズへ行ってスキーをしていたみたいだった。

三回ぐらい会ったことがある。井川さんは短いスキーで滑っていた。

職員旅行

夏休みも末の頃、M高では職員旅行があった。圭介はザック姿で参加した。行き先は塩原温泉でしたが、帰りに鬼怒川温泉前で降ろしてもらい、一人バスで田島、若松と、更に電車で一駅先の山都まで行き、民宿を探して一泊した。飯豊山に登る起点になるところで、民宿はすぐ見つかるようである。

山頂の小屋までは数時間だったろうか。

ニッコウキスゲの群落の中で、三脚を立てて一人だけの写真を撮る。

山小屋には登山客が一人いた。話がはずみ、彼はカレーを夜食にしようとしていた。

圭介は水とコンデンスミルク缶だけ持って来たが、昼食は民宿で弁当を用意してもらっていたので、夜食はなくてもと思っていた。しかし彼は登山客として、完全な準備をしていたのであろう。尾根伝いに新潟県まで行くと言っていた。

圭介はカイラギ雪渓を降りて小国までと思っていたので、彼が先に出発、圭介はゆっくり出発すればと思っていた。

カイラギの雪渓は、ほんの少しの雪であった。降りたらすぐにバス停があり小国駅まで数十分で着く。米沢から電車を乗り継いで家に帰った。

飯豊山のニッコウキスゲで撮った一人の写真を部屋に貼りつけて、「鏡の前の絵と一緒にかけておいたら、母が、「これを見ると、何だか寂しくて、悲しいの」とよく言われた。圭介の心を読んでいたのだろうと思う。

以前に松本町に住んでいた時、水戸に出張で来て母のところへ寄っていこうと思い途中まで来ると、涙が流れて流れてしようがなかった。市内電車で大工町で降り、映画劇場に寄って涙を拭いてと思ったが映画を見るどころではなく、そのまま歩いて家まで行った。

母がいて食事をと思っても、涙腺が活発で顔も上げられず、母も涙顔で話もできなかった経験があった。「帰郷の思い」とはこういうものであろう。

元吉田町に家を建ててからは、「鏡の絵」と、飯豊のニッコウキスゲの一人の写真は母の思いが深いのであろうと思う。

学年同窓会　一

二〇二二年十一月の知道会総会後、学年同窓会があった。十一月一日にS状結腸がん手術後のポリープ切除の手術をした。入院一日で難なく終わったので、折角の同窓会（9クラスの担任は全員出席）に出席することにした。

ポリープを切除すると、血液が勢いよく出てきた。横に身体を寝かせているので画面を見ることができるようになっていた。切除したあとに何かを貼りつけて、血液を止めるようであった。しばらくは、「激しく動いたり、重い物を持ったりしないで下さい。貼りつけた物は、そのうち自然に排出されますから」ということでの同窓会の出席である。

学年は三年間持ち上がりで生徒も組替え、担任もくじ引きで同じクラスにはならないように話し合いで決めたのである。理系、文系、その他も二年までは生徒の組替えはしないと決めて、三年生の時には理系、文系、その他に分けるようにした。単位を取るためには、その方法しかない。三年間持ち上がりでも、担任はくじ引きで替わるように決めたのである。この学年は進学率が良くて、話し合いは良い方向を示したのである。

学年同窓会では、圭介のところに挨拶に来る卒業生が多くなる。一緒に体育と担任をしても、全員の体育の授業を受け持ったわけではないので、知らない卒業生もいる。体育教師は七人で二月からは体育の授業も平均化されていたのであり、圭介は殆ど学年同窓会の卒業生の顔は忘れられない状況に思い至っていて、過去のことを彷彿とさせるものである。

白血病、温水プール、元教授

森本先生は、水戸S高の体育の先生である。バレーボールの顧問で圭介は一度会っただけである。理由は、彼は白血病を病んで、休職中であった。

S高の高野校長から電話があった。

「江田先生、今は何をしていますか」

「週二日ほど、那珂市の温水プール、テニス講座で一日過ごしています」

退職して二年目にこのようなやりとりがあった。高野校長とは、全国学校体育研究大会を茨城県（水戸が主で）に持って来て、研究大会をやった仲である。

「体育の森本先生が休職中なので、もしできれば週八時間ほど、講師をお願いいしたいのですが、どうでしょうか」

「週三日ほどの講師なら、お引き受けいたしましょう」

それで、週三日講師、三・三・二時間の体育授業をすることになった。森本先生はドナーが見つからなくて、六ヶ月の講師を五回、三年ほどすることになった。森本先生はやっとドナーが見つかって良かったと思ったら、亡くなってしまったのである。その後は体育研究部会の研究委員をしたKさんが六ヶ月の講師をすることになった。


温水プールでは、R大学農学部教授だったI氏と懇意にしてもらった。そして水泳同好会をつくることになり少し活動したが、御婦人達は毎回くるわけではなく、水泳同好会は頓挫してしまった。元教授はテニスにも興味があり、那珂市のコートに来て指導することになった。常陸大宮から来るHさんも参加することになり練習が良い雰囲気で一つの同好会の発生になった。元教授の奥様はいつもご主人の見守りであった。温水プールもテニスも見守っていた。

K村の「うぐいすの里」でバーベキューをしながら、テニス遠征をすることが決まり、Hさんが食材、メニューをつくることになった。釜を一つ借りるという元教授と、二つ使いたいというHさんとの考えが違って言い合いになり、物別れになって何とも寂しいことになった。元教授が折れればいいものであったと思う。

人間は頑なな人と、そうでない人とがいるものである。

大した事ではないものに対しても、厳格でありすぎると、人とのコミュニケーションが損なわれるのではないかと思われる。

これを機にテニス同好会は解散することになった。テニスの練習会をしていた方が良いことは、疑いないのに。

音楽通論

大学の一般数学は前期の試験で、圭介は微積分の問題が全部回答できた。するとM教授は圭介を呼んで、「後期は出席しなくて良いよ。単位は保証するよ」と言われた。

後期のこの時間はピアノの練習をしようと思い、音楽館へ通うことにした。音楽館は、音楽教材論を受ける学生もいるし、個室に十五台ぐらいそろっているので、充分にできると思いバイエルから始める。

二年次、O先生の講座「バイエル」から始めて、最後まで終える。音楽通論のX先生は「人形の夢と目覚め（オースティン）」「シューベルトの即興曲 OP90

NO2」などを弾きながら、次々と大切な理論を話しながら講義を進めた。

「リヒテルが弾いてると思えば、そのように聞けるのです」

「バックハウスが弾いていれば、そのように聞こえるのです」

「タタッタタタター、さらに少し上にタタッタタタター」

メロディーが原点から、さらに上へと表現していくことを話すので、よく理解できたのです。

O先生にはさらに、対位法、和声学、作曲学の講義も受ける。そして作曲をして簡単なものであったが、弾いてもらうことになった。そうしたら、この音からここへきた音がすごくいいですと言われた。

三年次には、ツェルニー30番練習曲であった。

P教授は一八〇センチくらいの大柄の先生であった。ツェルニー30番はよく弾きこなしたので、P教授にすごくよく弾けてると言われたのであった。そして四年次には、「ソナチネを練習なさい」と言われた。ソナチネはソナタの次に来るものでで、弾いて聞かせてもらい、それを真似するのであった。

体操部の練習は午後五時頃から七時頃まであり、それから九時まで開いている音楽館へ行く。帰宅は十時頃であったが充実した日々が続いた。

Y高に赴任した時のアップライトのピアノは、下宿から下宿へと三回引っ越しし、U高へ転任した時には、前のピアノは国語の若手で溌剌とした先生に「持っていっていいよ」とくれてあげた。でも、わざわざU校まで二十万円持ってきてくれた。

その後、新調したピアノは下宿に、更に仮住まいの賃貸住宅に、そして自宅に引っ越ししたのである。

教員を退職して数年で、グランドピアノ（セミコンサート）を三年がかりで買い求め、「月光」「熱情」「悲愴」とベードヴェンの三大ピアノソナタを弾くようになった。ショパンも、ワルツと「別れの曲」「幻想即興曲」「バラード一番」などを弾けるようなった。しかし、一ヶ月半のS状結腸がんの入院で忘れるのが多くて、譜面を見て思い出しながらの練習である。

ピアノは毎日弾いていないと、「忘却の彼方」に消えるものなのかと思う。

第三章

碁を打つ喜び

囲碁のこと

　圭介は学年時代に囲碁をしたことがなかった。赴任した松ヶ丘高に、アマチュア五段の先生（農場主任）がいて、一回手合せをお願いしたことがあり、どのように打つのかを少し覚えた。下宿を何回か替えているので、O先生宅でまたU家のご主人と打つこともあった。

　囲碁雑誌の問題を回答して、何度目かに初段の免状を取ったのでした。免状料は、確か三万五千円だったかと思う。O先生宅では一人立ち合いに来て、ということは圭介の様子を見にきたのであった。

「緻密だね」

O先生も「緻密な頭脳だね」と言った。たぶん……相手にふさわしいかどうかと検分に来たのだと思った。

U家のご主人は古い官舎の隣で、ご主人からの要望で手合せをさせて頂いた。ご主人は「私はじゃみ（小魚）みたいで、申し訳ない」と謙遜されたのでした。

元吉田町の家の近くに碁会所があり、時々通うようになり、席亭に「初段の免状を持っていますか」と言うと、「ここでは二段で打って下さい」と言われた。

そのうちに、三段、四段と上がって、囲碁の勉強も時間が欲しくなるようになった。仲間の数も増えて更に問題を解いて四段の免状を取得し、八万五千円を支払った。V先生が「四段の免状だけは欲しい」と言っていたのを思い出した。

茨城町のI碁会所では、1、3、5の日曜日に碁会があり、一人一千円会費で変則五回戦の対戦が開かれる。通常は五百円の席料であるが、碁会で四段で四勝一敗を連続三回したら、次からは「五段で打って下さい」と言われた。

四段、五段、六段、たまに三段の方と打っている。そしてハンデ戦であるが、七段の方と打つ時もあり、頭脳との勝負で「認知症」にはいい生活であると思う。

整備会社の社長さん

家を出て50号線を総合公園に向かって車を走らせていると、イオンモールの手前で左の前輪のゴムがはがれてバタバタと車体に当たり始めた。迂闊にも、ＪＡＦに登録していなかった。

そこで三〇〇メートルくらい離れたところに自動車整備会社を見つけたので、歩いていって事情を話してみた。

携帯電話も持っていなかったので、途方に暮れた状況だったのである。

整備会社の社長さんは、がっしりとした風格の人であった。

小道具を幾つか持って車まで一緒に来てくれたのである。そして、左前輪のタイヤをはずし、スペアタイヤと交換してくれたのである。

「これで大丈夫だよ」

「あの修理代は？」

「いい、いいいんだよ」

圭介はまた、家の近くの整備会社に行き、新しいタイヤに取り換えて、総合公園に向かった。大変に遅くなってしまったが皆さんはゲームをしていたので、これでよしとするしかなかった。

一週間後に謝礼を持って伺うと、その社長さんは「謝礼などいらないよ。よくボランティアをやっている様子なので、応援したいほどです」と言われた。

優しい人に出会ったものである。

話は少しそれるが、ある大学の入学式で祝辞を述べた人がいた。

「世の中には頑張っても報われない人や、頑張ろうにも頑張れない人がいる。頑張っても公正に報われない社会が待っている」

社会学者は実に見事に社会の状勢を見ているものだと感銘を受けた。

圭介は教師時代から、生徒には器の大きい人間になってほしいと願いながら授業をしていた。そして、最後まで生徒と一緒に実技をしたことは、未だに思い出される。

生徒との山歩きは大自然を理解してほしいのと、学力と人格の問題についてよく理解できたからでした。

初秋の涸沢の紅葉

〝思い出すままに〟

十二年前のこと、九月の末に上高地から明神、徳沢、横尾山荘、涸沢小屋まで八時間ぐらいかけて、紅葉と初雪を見に行きました。楽しい山仲間、スキー仲間の五人であった。

スキー仲間は準指導員、指導員達で圭介一人が一級のバッジであった。理由はスキーの県連盟の理事長が水戸の郊外に人工スキー場を造り、夏も通わなければ、「準指導員の資格はやらない」ということで、圭介はそういう取引きなどしない性格なので充分スキーが上手であれば、意に介さないからだったと思う。

上高地に着くとT先生は8ミリを回しはじめた。T先生はカラーフィルムを五本持って来ていた。金額でいうと七千円である。

K先生は「今日は、夕方までに涸沢ヒュッテに行ければいい」とのんびり構えていた。

真夏ほどでないけれど、河童橋のあたりは多勢の人がいる。そして、誰もが穂高をバックに写真を撮るようである。

この日は紅葉のしみじみとした爽やかさが味わえたのである。白樺の白さと紅葉の色が日に映えて実に美しかった。圭介は勿論、エクタクロームにおさめた。

二股の出合いから涸沢ヒュッテまでは、何回か立ちどまってカメラを取り出し、景色に見とれることがなくなると歩き出すといった状態のくり返しだった。

ヒュッテに着いて先ずしたことは、あたりを撮影することであったことはいうまでもない。

涸沢はまだ完全には紅葉していなくて、ところどころダケカンバ、ハンノキ、ナナカマドなどがまばらに紅葉していた。

撮影に飽きると周りの風景に埋もれて、キュウリをつまみにウイスキーを飲み出した。

夜、ヒュッテの売店で絵はがきを買い求める。それから記念バッジを。そうこうしているうちに、K先生は牛の角笛を買うと言いだした。そして、S先生、M先生もさんざん吹きならして、あれこれしばらくやってから買い求めた。やっと買い物が終わった時、ヒュッテの主人はどう感激したのか哀れんだのか、二百円のウェストン卿のメダルのついたキーホルダーを五人に一つずつくれた。

圭介は絵はがき四枚とバッジ一つしか購入しなかったが、かの主人は我ら五人を普通とちょっと違う人種と思ったのかも知れない。

就寝の時になって明日の天候のことを話し合った。K先生は「ちょうど今夜は満月だから、涸沢の月夜が見られる」と言った。圭介は「雲が広がってくれば明日は雪がつもっているかも知れない」と言った。

そしたら、「だから圭介は〝高山病〟なんだ」とK先生に言われた。雪は誰もが期待していたのだが、期待に応えてくれそうになかったのである。

翌朝は曇天。

この日は北穂沢から登り、北穂、唐沢岳、穂高岳山荘まで歩いた。北穂の上からは遠く後立山、立山連峰、薬師岳方面とはっきり見通せて、最高の眺めだった。圭介はエクタクロームを三本持っていたのだが、何と槍ヶ岳を撮ったのが十枚もあった。K先生のフジカラーには前穂が七、八枚写っていた。

T先生は、「この次は、ザイルで岩登りをやりたい」と言いだした。圭介が〝高山病〟なら皆も同じということである。

穂高岳山荘に着くとガスがかかって日暮れになる頃よりみぞれになった。皆、異口同音に「明日は雪がみられる」と喜び合った。

涸沢ヒュッテの主人が、「天気というものは、夏から秋に向かって暖かくて雨が降って寒くなっていく。反対に冬から春にかけて寒くて雨が降って暖かくなっていく」と言う。
これは、山で生活をしている人々がきびしい自然との闘いの中から体験として得た法則ともいうべきものでしょう。それでいくらか寒さも増した様子なので、「明日は雪が積もっている」ことを信じて疑わなかったのである。

夜、夢うつつに雨の当たる音が絶え間なく耳についた。夢うつつでも雨と雪の区別ぐらいはできるものである。

朝、目が覚めた時、誰も起きあがるのがいかにも大儀そうで、元気がなかった。

今日の仕度がポンチョと傘ではそれもしかたがない。もう一日余裕があれば、小屋で沈殿してもよかったのであるが、それができないので五人共、カッパとポンチョで武装して、ザイテングラードから涸沢ヒュッテを経て横尾まで下った。しかし、雨の中を歩くのはそんなにつらいものではなかった。

途中、前穂の屏風岩の近くに来た時に、素晴しい光景にぶつかった。屏風岩に大きな滝がかかっていたのである。その大きな滝の左右にいくつもの小さな滝がかかり、実に壮観であった。

自然とは、真に驚嘆すべきものである。

横尾で小休止した後、上高地まで飛ばした。何はともあれ、今回の山行は最後に雨に降られはしたが楽しいものであった。

また、〝全岳連〟（全学連をもじってT氏が全岳連と言った）は来年の夏の活動を約束した。

くも膜下出血

七月二十七日、国立病院から朝、連絡が入った。浩三郎さんが「救急車で運ばれて入院することになった」とのこと。

浩三郎さんは埼玉県に一人住まいで、東武東上線で下高井戸に行き仕事をしていたのだった。

すぐに妻と二人、常磐高速道で駆けつける。外環状線は渋滞で、和光ＩＣまで時間が掛かった。

ソーシャルワーカーのＩさんの案内で医師のＨさんに会い、レントゲン撮影の写真を見せられ説明を受けた。そして一日置いて七月二十九日に手術を行うと言う。二十九日に再度、病院へ行く。入院後の雑貨（おむつ、靴など……）を買い求めて待機、手術室から出て来るまで十時間ぐらい掛かったろうか。Ｉさんの計らいでＩＣＵで面会、麻酔のままの顔を見るだけであった。

その後、病室に入って療養生活に入り、一ヶ月で車椅子で退院し、リハビリテーションのＴ病院に転院させられた。

その日、その医師はＹ氏で他に転出し、Ｏ医師が転入したのであった。Ｔ病院のソーシャルワーカーのＵさんと本人、私たち夫婦、理学療法士さん、Ｏ医師の話し合いがあったが、Ｏ医師はすぐに退出する。少し厭な気持ちになる。

Ｔ病院で六ヶ月療養する。左は半身麻痺のまま、右は麻痺がとれる。会話ができ、右手が動くようになり、右足も動くようになる。左足は装具をつけて、ひきずりながらの歩行ができるまでに。

浩三郎さんの一人住まいの家の中の整理、片付けは八、九、十月と続けて、十月には、明け渡すまでになった。種々の道具、機械、本、書類を水戸まで何回かに分けて持って来る。ダンボール箱三十数個ぐらい。冷蔵庫、本箱等は処分して、部屋の壁紙、床の張り替えなどは敷金でまかなう。

でも、そうはならない。大家さんと管理者が異なり、管理者は壁紙は「こちらでやります」と言ったが、修理代として敷金以上に要求してきたので支払う。「壁紙は、こちらで張りますから」と言ったのを覚えていた。世の中は、いろいろ難しいものである。

妻は、病院探しに奔走した。千葉県、和歌山県の温泉病院（八十人待ち）、広島県因島――広島県因島の病院はMさんの世話だ。二ヶ月間であれば入院できるということで、妻は二月二日、福山市泊。三日、福山から高速バスで向かい、因島の病院に入院させる。

二ヶ月間であるが、本人も「左手が動くなら」と「因島へ行く」ということになったのだ。
四月三日に退院し水戸に戻ることになった。左手は依然として動くことはなかった。

私の部屋はベッドと、セミコンサートピアノと机でいっぱいであった。妻に、「このピアノをどうにかしなさい」と言われた。グランドピアノは、百万円、三十万円、三十万円と三年がかりで買ったものでした。百六十万円では、一回では買えなかったのである。高校の一年後輩の友彦さんのNピアノ社から分割で買ったもので、友彦さんは、いくらか安くしてくれたのである。
ベートーヴェン、ショパンの曲を完成させようと思っていた矢先に、私のS状結腸がん（二年弱前）のこともあり、浩三郎さんが水戸へ帰ってくるということもありで、グランドピアノを引き取ってもらうことにしたのである。私の楽しみはなくなってしまった。でも、浩三郎さんのためには仕方のないことだと思っている。

三月十四日にNピアノ社のV氏が家まで来て鍵盤を引き出し、全鍵盤をすらすらと弾いてもとに戻して点検していった。二週間後、A運送会社（ピアノ専門）が来て、小雨降る日に何枚も写真に撮り、引き取っていった。ピアノを雨に濡らすことはあり得ないことであるにも拘わらず、そして百六十万円もしたグランドピアノを三十五万円で引き取っていった。現金を無造作に置いていった。

その後、リハビリテーションは、S会病院リハビリテーション科で行う。月曜日午前十一時から十二時まで一時間、担当の理学療法士さんが時間どおりに来てくれる。

あと一ヶ所はつくば市の個人で経営している医院で、米国で理学療法士の資格をとって経営しているところである。十二時、または三時三十分からとか、また、火曜日か水曜日に行ってリハビリを受ける。

Ｓ会病院のリハビリは患者が多く、いつも同時刻に来る患者さんと話をしたり、パジャマ姿の人も多く、この人たちは入院治療しているのだと解る。

浩三郎さんのリハビリは、全くといっていいほど同じ状態である。そう簡単に良くなるとは思わないが、果してどういう生き方をしていくのか。先のことは、本人が決めることになるのである。Ｐ市の福祉課のＥさんが、障害の程度は１級で障害名は左上肢機能全廃２級、左下肢機能全廃３級という障害者手帳を持って来た。

でも本人は意気軒高で、「朝五時に出れば、東京まで通える」などと言っている。妥協は知らないようである。でもそれでいい。それでいいのだ。

学年同窓会　二

水戸西高の同窓会は全学年の大同窓会があって、終わってから各学年ごとの同窓会があるのです。コロナ流行時には、東京が会場であったが、中止、中止で、やっと水戸でできるようなった。圭介の学年同窓会が順番で大同窓会の後にできるように幹事Sさんから何度も連絡がきた。

R大学の推薦入学の話でもできればと思い出席することにした。学年担任は三年間持ち上がりで、生徒がそれぞれ9クラスに分けられていった学年である。既に9クラスの担任は整ぞろいしていた。テーブルには、ノンアルコールのビール瓶だけが各自の前に立てられていた。幹事のSさんと市議になったW君二名が挨拶し、各担任も一言ずつ話す。圭介も生徒達と授業を共にしたことを話した。

　三人、四人、二人と何回も生徒達が挨拶に来る。卒業しても、生徒達の姿が髣髴として出て来るのはどういうわけか。体操部であったKさんが挨拶に来て、O君が亡くなったことを知らせてくれた。一緒に練習した思い出も出てくる。

　歩く会で三年時学年の最後尾にいて、ゴミを拾っていた、素晴らしいKA君が姿を見せる。名大に進んだことは解っていたが、未だにその誠実さ、優しさを思い出させてくれた。いろいろなことを思い出させてくれる卒業生あるいは生徒と言っていいのか、同窓会は宝物と言っていい。

　それほど深く生徒達と接触していたのであったかと思い知らされた。

　圭介はS状結腸がんのことは一言も話しはしなかった。悲しいことを同窓会などで話してはならないと思うのである。各担任には笑顔で一言ずつ話せばいい。ポリペクトミー（ポリープ切除）の手術後、十日後のことであったが、皆に会えたというのは、何故こんなに嬉しいのであろうか。

思いがけず親しくなった人

木曜日の総合公園テニス同好会で、ボールを出して、軽く打ち合いを四人を相手にして交替させながら、フォアハンドストロークを六本して次の者に。そしてバックハンドストロークも同様にボールを出してから、細部に渡ってボールを後ろから出し、ボールが順回転するようにしてネットに向かって打たせると、一ストロークになる。慣れてくると横からボールを出す、次に前の足の少し前に。最後に前からややゆるく出す。その後、ボレーの練習を右に左にと。最後にスマッシュボレーを打たせる。

だいたい三十分ほどの練習であるが、会長さんが、「ボールを集めて」と呼びかける。そしてゲームに入るのである。

　十二面のうちの八面は、茨城県シニアテニス連盟の春季大会があり、会長さんもシニアテニスの試合を見て、決して全部が強烈なボールの打ち合いでないことを見てとっていた。

　たまたま、K市のU氏もシニアテニス大会に参加していたのかと、姿恰好から見てとれ話をしようと思ったら、ネームプレートはU氏でなく別人であった。コートの側を歩きながら、木曜日は総合公園にボランティアで水戸から来ていることなどいろいろ話して、最後に握手をしたのであった。

　彼は県北二地区の所属で、軟式テニスをしていたらしい。それで大会に出場していたのであった。

　そのB氏から「笠松コートを火曜日午後四時に予約しましたので、よろしければ、指導をお願いいたします」と連絡が入ったので、行ってみることにした。特にバックハンドストロークについて指導することにした。ラケットの握り方から教え、ボールを後ろから出して、ネットに向かって打つことを教える。何回か打たせると、充分理解したようなので、横からでもよく打てるようになった。そして、前から軽く打ちやすいようにボールを出しても、よく打てるようになった。

このような指導を四回ほどしたら、火曜日の所属のクラブで、四勝したことを聞いた。良かったと思ったことが先にきた。また、『未成年教師の物語』のことを尋ねられたので、文芸社から出版されていることを話したら、落手したことを話された。「次には水泳も教えて下さい」と電話が来た。このように、真摯に生きたいという人もいるのである。嬉しい気持ちになった。

碁に出合えて

碁を打つようになったのは、松ヶ丘高に赴任してからであった。農業科の農場長にW氏が五段でいた時のことだ。圭介が囲碁の理屈は何となく解っていた時のことであって、W氏から「一度対戦してみますか」と声を掛けられた。

五段の人に、四目置いて対戦したら、全然歯がたたなかったことを覚えている。筋や手順がよく解っていなかったのを痛烈に反省した。

松ヶ丘高に八年半勤めたが、下宿を四回替えたのであった。二番目の下宿では、主の「おばあちゃん」が、圭介のことを気にかけてよく面倒を見てくれた。孫の「Eちゃん」に数学を教えるということで、四畳半の小屋のような物を建ててくれた。「Eちゃん」の従弟も数学を勉強しにきた。「Eちゃん」は、進学校に合格し、大学に進学、Eちゃんの従弟も準進学校に合格したので、役目は終わったと思った。

下宿の主人が職場の同僚を連れて来た時のこと、圭介と碁の対戦を要求された。下宿の主人は見学していて、圭介のことを「緻密だな、うん、緻密だ」と何度も言った。その同僚の娘さんと見合いをさせたいとのことを後で知った。

見合いは、髭もそらずに一番みすぼらしい背広を着ていった。見合いは破談で終わり、圭介は安心して帰宅した。私の恋はずっと続いていた、失恋ではあったが……。

そして、数日後、下宿の奥様が「先生、いつ下宿を出るのですか」と言ってきた。あまり歓迎されていないことは最初から解っていたけれど、主(あるじ)の「おばあちゃん」がよく世話をしてくれたので、それで良いと思っていた。ただちに下宿を引っ越した。ピアノも一緒に。

引っ越し先は、またも築五、六十年の官舎で、自炊はできず、最初の下宿に食事は頼み込む。隣の家はU氏で、庭は奇麗に手入れされていて、碁も「一回対戦しましょう」ということになり、U氏宅を訪問する。圭介が勝つと「じゃみはやっぱりじゃみだな」と嘆いたのでした。まだ初段の免状を持っていなかったので、感想は控えておいた。

結城西高に赴任した時、H氏から「先生は、碁を打ちますか」と言われた。

「ほんの少しです。まだ初段にはなっていないのです」

「では、昼休みに宿直室で打ちましょう」

手数が進んで、見にきていたK氏が「ああだ」「こうだ」と口を挟んできた。

他人の碁に口を挟むのは、碁を知らない人なのである。

H氏がK氏に隣の校長室まで響き渡るように怒鳴ったので、校長が校長室から飛び出してきた。校長はすぐに様子が解って戻っていった。必要なことと不必要なこととをよく理解しておかなければ、教員もおかしなことになる見本みたいなことになると思った。

三番目の高校に異動して、初段の免状をとろうと囲碁雑誌の問題を解いて申請したら、初段の免状が取れたのだった。免状料は三万五千円であった。自宅の近くの碁会所へ度々行くことになるのだが、「初段の免状を持っていますから」と言ったら、席亭は「では、ここでは二段で打って下さい」と言われた。そのうち三段、四段と席亭に言われて昇段していった。三番目の高校の時、書道の師範の先生が「四段の免状だけは欲しいんだよ」と言っていた。

免状料は八万五千円であった。特殊な和紙で、四名連記の立派なものであった。それで五段の問題を解いてみたら、免状料は十三万五千円だと言う。それで免状を申請するのは止めにした。何のための段位なのかと……。人は不思議なもので、実力と額面とどちらを選ぶのか、選択に誤りがないのかということになるのではないか。

Ｉ町碁会所は、1、3、5の日曜日に碁会があり、一人千円ずつ払う。変則五回戦闘い、四段の部で四勝一敗が三回続いたら、席亭から「この次から五段で打って下さい」と言われた。四勝すると千円返ってくるのである。三勝すると五百円、五勝すると二千円返ってくる。でも今まで五勝した人は一人だけである。

碁にもＡＩがあるようだけど、どこが一番いいところか、そこが難しいところである。

失敗談も少なくない。

「時計使いますか」

相手は「使いましょう」、または時間は四十分持ちですから「使わないでやりましょう」という人と半々ぐらいであった。大石を取りにいって、時計を押すのを忘れ時間切れを指摘されたこと、打つ石をあちこち宙に浮かせて動かし、「それ、やめてくれますか」と注意されたこと、一手あいているのに敗れたと思って取ったことなど、精神的に安定しないことどもがあるようである。それで敗けたことが数々あったことである。

でも、碁に出合えたことは、幸せであった。

育てた力

両親は水戸出身であるが、父は軍属で兵隊には行かなかったようである。生まれは横須賀の浦賀、引っ越して追浜、この頃から記憶というより、覚えていたといった方がいい。大きな道路に面して、向かい側には電車が通っていたこと、裏側にKさん宅があったこと、近くにカミナリ神社があったこと、一円せがんで踏切を渡って、飴を買いに行ったこと、電車が通っていたその向こう側には公園のようなものがあったことなどである。

次に父が転勤になったところは、大阪・吹田市である。私が四～六歳の頃であろう。幼稚園を経験しているから、たぶん、そうに違いないと思う。吹田市はまだ田んぼが多くて、ギンヤンマとりに夢中になっていた時がありました。また、小さなどぶ川があり鮒がたくさんいて、網ですくうと簡単に取れたこと、幾分酸欠状態の小川であったのだろう。下水管はない時代であったことにもよるようであった。

幼稚園は、吹田第一国民学校と一緒になっていた。

町内の消防訓練があったことも覚えている。国民学校一年の途中で、父は三重県津市に転勤することになり、津市の郊外に住むことになった。毎日のようにエンジンの音が聞こえる軍需工場が近くにあり、誰も騒音の問題など気にしていない状態であった。戦況は刻々と逼迫してきていて、B29爆撃機が飛来すると、直ちに下校するのであった。高茶屋国民学校の一年生の頃であった。

国語のY先生はいつもモンペ姿であった。圭介は指名されて国語の教科書を読むように言われ、読んでいくうち、だんだん泣きだしてしまった。読んでも読んでも、Y先生は止めとは言わないので、結局、最後まで読み通したのであった。

泣きながら終わったのである。あとから考えてみて、よく読んだとＹ先生は、評価したのだろうと思った。

食糧の問題は大変な問題であった。普通に米の配給があれば、それでいいのだが、配給が途絶えると母が買出しにいくのである。南瓜、キャベツ、さつまいも。卓上には品種改良していない当時のびじゃびじゃ南瓜、またはキャベツの千切りにソースをかけただけ。さつまいもだけの食事もあった。

叔父が一度、津市高茶屋へ来た時、母が玄米だけのご飯をご馳走したら、「これは馬の餌だよ」と言ったのである。それほどの食糧難であった。

数日後、Ｂ29爆撃機数十機が、津の市街地を爆撃しに来た。守備隊は高射砲で六、七発迎え射ったのだが、一万メートル上空のＢ29には全然届かない。Ｂ29から焼夷弾が落とされる。二〇〇〇メートルぐらい落ちてきたところで、バラバラに撒くのである。ピカピカ光りながら落ちてくる。津の市街地は、ひどく燃え上がって、消滅してしまうのではと思われた。戦争とは、全く非情なものであると子供心にも思われた。他の都市も同様に燃え上がっていくのであろうと想像できた。

一年生なのでそこまで理解はできなかったが父に聞いて理解はした。新聞に「水戸艦砲射撃」などの記事が出ていた。母の実家は畳屋と聞いていた。水戸市街は焼野原になったみたいであった。

更に新型爆弾（核爆弾）が広島に落とされた。一発で焼野原になったと話題から理解できた。

三日後に長崎にも原爆が。

そして、玉音放送を八月十五日に家族全員で聞いたのであった。

「ああ、悲しいかな」という最後の言葉はよく覚えている。

交通機関の混乱は大変なものであった。父が「降ります、降ります」と何回も大声で言いながら家族を降ろすのに苦労したことを覚えている。東海道線の丹那トンネルを通過した後に、富士山が後方に見えたことも覚えている。

水戸に帰ってきて、市内電車が走っているのを見て、交通機関の復旧が急務であったのであろう。毎日、父といとこの尚ちゃんは市街地復旧の作業員として出勤していた。

そのうち父は、戦災復興事務所というところの県職員になった。製図、設計、区画整理などの仕事であった。区画整理が一番難題であったようである。


圭介の学校はどうなったか。

水戸二連隊四二部隊（工兵隊の兵舎）が、教室にあてられた。一年後、三七部隊に移る。着のみ着のままの制服なしの姿で通学するのである。虱（しらみ）に悩ませられる。これは歩いて二十分ぐらいのところに、花柳界があったからであろうとは同級生あたりからの話である。

朝礼の時に、Ｋ先生は、元下士官であったようであるが、「列が曲がっている。

整列せよ」と、大声で怒鳴ったのである。既に男女共学になっていたし、兵隊上がりは怖いと思いながら、終戦になったからといっても、人間性は大切にしなければならないと圭介は感じたのである。水戸高等学校の生徒達も三七部隊の兵舎を教室としていた。

四年生になって、木造の常盤小学校に移る。皆で机・椅子を持って移動し学校らしくなった。担任のH先生は圭介に会うと、いつも笑顔で迎えてくれる。圭介がにこにこしていたからだったからなのか。

おわりに

その時々に感じたものを美化するのではなく、社会の中で人間性の豊かさを書くことは良いことと思いながら、いくつか書き残したかったことがあった。人の個性は多様であるが、豊かさが幸せかどうかは別として、人々をいつも助けられたら少しは嬉しいものである。

人は損得で生きることとそうでないこととの区別をつけても、所詮は「光をもとめて」生きていくものと解ってきた。

仲秋の
月は心に
透きとおる

秋雨は
静かに降りて
耳澄ます

久慈川の
しがは流れて
何処までも

寒々と
雨の降る日は
ピアノ弾く

著者プロフィール

江多 圭介（えだ けいすけ）

昭和13年1月13日生まれ
茨城県出身
昭和31年、茨城県立水戸第一高等学校卒
茨城大学教育学部卒
茨城の県立高校に38年間勤務
趣味は山歩き、スキー、ピアノ、囲碁
既刊書『未成年教師の物語』（2017年　文芸社刊）

光をもとめて

2024年1月15日　初版第1刷発行

著　者　江多 圭介
発行者　瓜谷 綱延
発行所　株式会社文芸社
〒160-0022　東京都新宿区新宿1－10－1
電話　03-5369-3060（代表）
03-5369-2299（販売）

印刷所　図書印刷株式会社

ISBN978-4-286-24605-5